राम

1.

बीरू तल्ख़ भरी आवाज़ में अपने साथ घटी हुई भयावह कहानी को सुना रहा है। बीरू घबराई हुई आवाज़ में कहता है। "होगी आपकी वाली चाँद का टुकड़ा, पर मेरी वाली तो साक्षात् चुड़ैल है। आता होगा आप लोगों को चाँदनी रात में, साथ में घूमने में मज़ा, पर मेरी तो फट लेती है। देखिए भाईसाहब, अब थोड़ा बहुत झूठ तो हर रिश्ते में चलता है, और कभी-कभार होने वाली लड़ाई के बाद, जब आप अपनी डार्लिंग की तारीफ, झूठ की चाशनी में लपेट-लपेट कर करते होंगे, तो वो आपके प्यार में डूब जाती होगी। पर मेरी वाली डूब गई नदी में। पूछो क्यों? आधी रात

में जब एकदम घुप्प अंधेरा था, तो वह मुझे घर से पाँच किमी दूर नदी के किनारे बुलाकर पूछती है, कि क्या मैं तुझे अब "हॉट" नहीं लगती जो तू मुझसे दूर भाग रहा है? भाईसाब, सच बताऊँ, मैं अपनी नींद छोड़कर आया था, तो गुस्सा आ गया यार। जब से मैं इसके साथ था, मुझे हमेशा ये लगता था कि मैं इसका पुरुष मित्र नहीं, बल्कि इसका मुजरिम था। आप सोच रहे होंगे कि मैंने ख़ुद को इसका पुरुष मित्र क्यों कहा? क्योंकि मैं तो इसको अपना दोस्त ही समझता था, पर फ़साद की जड़ ये है कि ये मुझे बॉयफ़्रेंड समझती थी। समझ रहे हैं ना आप? मैं हर रोज़ इसकी जेल भुगत रहा था ,

जिसमें जेलर भी ये थी । और जल्लाद भी ये, और जज भी ये ख़ुद । ऐसी सिचुएशन में आप मेरी जगह होते तो क्या करते? गुस्से से चिल्लाते ही न! मैंने भी वही किया। आपकी वाली रो-धोकर या लड़-झगड़कर चुप हो जाती, पर ये तो पुल से नदी में कूद गई। अब तीन दिन से उसकी डेड बॉडी तलाशते-तलाशते पागल हो गया हूँ, पर कहीं नहीं मिली। नाम शांति था, पर थी एक नंबर की साइको। अब, जब हम सब, उसे खोज-खोजकर थक गए हैं, तो उसकी आत्मा बाहर आ गई है और मुझे ही मारने पर तुली हुई है। अब हम देखते हैं कि बीरू किसी से बचते हुए भाग रहा है। बीरू पीछे एक

डरावनी आकृति भी भाग रही है, जो कि निश्चित रूप से किसी औरत की लगती है। चारों तरफ़ डर का माहौल है, और भूतिया आवाज़ें गूंज रही हैं। बीरू अंधेरे में खो जाता है और धीरे-धीरे सब कुछ शांत हो जाता है।

इस घटना के कुछ रोज़ बाद,

हम एक व्हाट्सऐप ग्रुप देखते हैं, जिसका नाम है — "कूट-काट नवयुवक मंगल दल।"

उसका एडमिन "बीरू" ग्रुप में कुछ टाइप कर रहा है।

बीरू: अंगूर का पानी, रोज़ पियो जानी।

बंकु: हाँ-हाँ, अंडा तल रहा हूँ।

गुड्डू: मैं मूँगफली नहीं लाऊँगा, मम्मी को शक हो गया है।

बीरू: आप बस पुरानी पाठशाला पधार जाइए, उतना ही काफ़ी है। अब बीरू और बंकु पुरानी पाठशाला में बैठे हुए हैं। उनके सामने बियर की बोतलें और साथ में थोड़ा सा चखना भी रखा हुआ है। बीरू बियर पीना शुरू नहीं कर रहा है। बंकु झल्लाते हुए बोलता है, "कि कितना इंतज़ार करोगे गुड्डू का? अंडे ठंडे हो रहे हैं और बियर गरम!" तभी दरवाजा खुलने की आवाज़ आती है, "चर्ररररररररर..." और गुड्डू की एंट्री होती है क्लास में। गुड्डू बोलता है: "वाह बेटा, वाह... मौज करते वक्त दोस्त को भूल जाओ, और जब कहीं गांड फटे तो गुड्डू लफड़ेबाज़ के

पास आओ। सही दोस्ती निभा रहे हो, बहुत आगे जाओगे।"

बंकु बोलता है: "अरे, नहीं-नहीं, मैं तो इसकी ईमानदारी चेक कर रहा था। जब से बैठा है, चखने पर से इसकी नज़र ही नहीं हटी है।"

दरअसल, गुड्डू बचपन से मार-झगड़े में माहिर आदमी है। जहाँ कहीं भी ज़रा-सी हिंसा की ज़रूरत पड़ती, ये लोग गुड्डू को आगे कर देते हैं। हर लफड़े में आगे रहने की वजह से, वह इस इलाक़े में सबके 'माउथ ऑफ बैड वर्ड' से इतना वर्ल्ड फेमस हो गया है कि सभी उसे 'गुड्डू लफड़ेबाज़' के नाम से जानते हैं।

बीरू, गुड्डू का मूड सही करने के लिए, झोले से उसका पसंदीदा सिंघाड़े और चने का बढ़िया चखना निकालकर सामने रखता है।

गुड्डू गुस्सा छोड़कर खुश होते हुए पूछता है, 'ये कहाँ से लाया? इतनी रात को?' बीरू मुस्कुराते हुए बोलता है, 'पिंकी ने दिया।' इतना कहते ही, बीरू थोड़ा-सा शरमा जाता है। गुड्डू और बंकु उसे छेड़ते हैं, 'ये होती है लड़की, जो शादी से पहले ही इतनी आज़ादी दे रही है। छोड़ना मत, गुरु! एकदम वाइफ़ मैटेरियल है, और तुम्हारी अम्मा भी तो यही चाहती हैं।

बीरू तुरंत गुड्डू की बात काटते हुए कहता है, 'अरे, वो तो इसलिए चाहती हैं क्योंकि

पिंकी की मम्मी और मेरी मम्मी बेस्ट फ्रेंड थीं। जब पिंकी की मम्मी बीमार पड़ीं थी करोना में, तो जाते-जाते उन्होंने कसम ले ली कि मेरी बेटी का ख़्याल रखना। मेरी मम्मी इमोशनल हो गईं और इसी चक्कर में हमारा रिश्ता तय हो गया। किसी ने हमारी मर्ज़ी जानने की जरूरत भी ज़रूरी नहीं समझी!'

बंकु कहता है, "हाँ, तुम्हारी मर्ज़ी तो वहीं है, जहाँ तुम्हारी मर्ज़ी ही नहीं चलती — गूँगी गाय की तरह, जिसके पीछे-पीछे भाग रहे हो बचपन से । बंकु की बात सुनकर गुड्डू भी हँस पड़ता है।

गुड्डू मज़े लेने के लिए पूछता है, "बीरू तू ख़ुश तो है ना?"

बंकु भी अब मज़े लेने के मूड में आ जाता है, वह बीरू के टांग खीचते हुए कहता है - "तुम्हारी साइको से तो लाख गुना अच्छी है अपनी पिंकी।"

बीरू साइको शब्द सुनकर थोड़ा गंभीर होता है और कहता है, "जो इस दुनिया में नहीं होते, उनकी बुराई नहीं करते।" बंकु पूछता है, "'नहीं होते हैं' से तुम्हारा क्या मतलब?"

बीरू अब और सीरियस हो जाता है, "जब तुम परसों रात फ़ोन पे फ़ोन कर रहे थे और हम उठा नहीं रहे थे।"

बंकु: "हाँ तो? ये तो तुम्हारी पुरानी आदत है। दोस्तों का फ़ोन ना उठाने की।

बीरू: "तो उस वक़्त हम साइको, मतलब शांति के साथ थे। रीवर डैम पर"

कमरे का माहौल एकदम शांत हो जाता है, जैसे कोई बड़ा राज़ खुलने वाला हो। सबने पी रखी है, और माहौल ख़राब होता देख, गुड्डू, लफड़ेबाज़, सिरियस होकर कहता है, "पूरी बात बता भाई।" मूड की माँ - बहन मत कर।

बीरू झल्ला कर बोलता है, "क्या पूरी बात, हाँ? अरे तुम ही लोग तो बोलते थे कि कूट-काट नवयुवक मंगल दल की इज्जत मैं मिट्टी में मिला रहा हूँ, बहुत बदनामी हो रही है ग्रुप की। मेरी वजह से।"

बंकु: "इसके हाथ से दारू लो, ई बहक गया है।"

बीरू (जैसे फट पड़ता है): सब गलती तुम लोगों की है! तुम लोग मुझ पर मेमे पर मेमे बनाते थे, मैं कब तक सहता? बोल दिया उसको (साइको शांति से)कि हमसे हो नहीं पा रहा है, हमें ब्रेकअप दे दो।

बंकु: मीम होता है, चूतिये, मेमे नहीं। और 'थी' से तेरा क्या मतलब है बी?

बीरू: उसने ब्रेकअप नहीं दी हमें, नदी में कूद गई। गुस्सा तो उसके नाक पर रहता था।

गुड्डू: तुमने कही ब्रेकअप और वो कूद गई नदी में? धतूरा खा के आए हो का?

बीरू: नहीं, पहले उसने कहा ब्रेकअप वापस लो, हमने कहा हम नहीं लेंगे। तो उसने कहा कि हम कूद जाएंगे, वापस लो ब्रेकअप। हमने भी गुस्से में कह दिया, कूद जाओ — और... और वो कूद गई।

बंकु: कूद गई?

गुड्डू: कूद गई?

बीरू: हाँ, वो कूद गई।

बंकु: तुमने ये कर दिया? जानते तो हो बचपन से उसकी अम्मा उसे (साइको शांति को) नहर तक भी नहीं जाने देती थी, और तुम जवानी में उसे नदी में कुदवा दिए!

बीरू: देखो, हमको तैरना नहीं आता, तो इसमें हमारी कोई गलती नहीं है।

कमरे का माहौल अब ख़ामोश हो चुका है।

और वह ख़ामोशी टूटती है बंकु की बात से।

बंकु: बाहर किसी मत बोल देना साले, वरना दिक़्क़त हो जाएगी।

बीरू पलट के जवाब देता है।

बीरू: दिक़्क़त होगी तो तीनों को होगी। हम तो बोल देंगे कि तुम लोगों ने उकसाया, तो हमने ब्रेकअप माँगी उससे । तुम लोग भी बराबर के भागीदार हो इस कांड में ।

अब तक तीनों को काफ़ी चढ़ चुकी है। बंकू बात बदलने की कोशिश करता है।

बंकु: एक बात तो है, बीरू।

बीरू: क्या?

बंकु: जाने वाले की याद बहुत आती है यार।

तीनो दोस्त घनघोर नशे में है, सब चुप हैं,

तभी गुड्डू बोलता है।

गुड्डू: गई कहाँ है? वो तो यहीं है!

जैसे ही गुड्डू ये बात कहता है, बंकु और

बीरू देखते हैं कि साइको शांति उनके बगल

में बैठी है। वह पूरी तरह भीगी हुई है, उसके

सिर से लेकर पैर तक पानी टपक रहा है,

जैसे वो नदी से निकल कर सीधी यही आ

गई हो, वह गुस्से से तीनों को घूर रही है।

साइको शांति को देख तीनों फट लेती है,

तीनो एक साथ चीखते हुए स्कूल से बाहर

भागते हैं। साइको शांति उनके पीछे दौड़ती

है, लेकिन दरवाज़े तक पहुँचकर रुक जाती है और एक ख़ौफ़नाक हंसी हँसती है।

अब सुबह हो गई है। बीरू घर में सबसे पहले उठता है, और उठते ही उसने पापा के लिए हनुमान जी का भजन लगा दिया। इसके अलावा बीरू घर के बाकी काम भी कर रहा है, जैसे — घर के बाहर झाड़ू लगाना, दूध वाले से दूध लेना, दादा जी का अख़बार उनकी जगह पर रखना और तुलसी को पानी देना।

बीरू के मम्मी, पापा और बाकी घरवाले उसे हैरानी से देख रहे हैं। आज वह सबके साथ बहुत अच्छे से बात कर रहा है, रोज़ की तरह लड़-झगड़ नहीं रहा। बीरू की मम्मी आगे

आती है, उसके हाथ से झाड़ू ले लेती है और पूछती है, "अब क्या किया तुमने?"

बीरू बोलता है, "कुछ भी तो नहीं।"

बीरू के पापा बोलते हैं, "सच-सच बता दे, जो फिर से तेरे आवारा दोस्त गुड्डू की जमानत करानी हो, या फिर तूने किसी से उधार ले रखा हो तो। सब पता है! शाम को किस स्कूल जाते हो, साले? जब जाना था तो गया नहीं।"

यह सब सुनकर बीरू की मम्मी भी टेंशन में आ जाती है।

पहली बार जब तू अच्छा बच्चा बना था, तो पंडित के बाग से आम तोड़े थे। दूसरी बार जब अच्छा बच्चा बना था, तो स्कूल मास्टर

की गाड़ी पंचर की थी। तीसरी बार जब ऐसा किया था, तो लड़की को छेड़ा था, जो कि आज तक पीछे पड़ी है।

"पीछे नहीं पड़ी है, माँ, सीरियस चक्कर है इन लोगों का," बीरू की बहन, बिन्नी, बीरू को छेड़ती है।

बीरू बिन्नी की बात सुनकर गुस्सा होता है और बोलता है ।

बीरू: "पचास बार कह चुका हूँ, लड़की को छेड़ा नहीं था, बस हेल्प की थी उसकी।"

बीरू की मम्मी थोड़ी हैरान होती है और कहती है, "वो चुड़ैल अब भी तेरे पीछे पड़ी है? तूने तो कहा था कि अब बात नहीं करता उस चुड़ैल से।"

बीरू अपने माँ के मुँह से चुड़ैल शब्द सुनकर घबरा जाता है और बात को बदलने की कोशिश करता है, ताकि साइको शांति का जिक्र और आगे ना बढ़े।

बीरू (बिन्नी से) : घर में आग लगा दी सुबह-सुबह! तुझसे बड़ी चुड़ैल कौन होगी? पापा की तीन चप्पलें घिस गईं, तेरा ब्याह अभी तक सेट नहीं हो पा रहा। जब तू मरेगी ना, तो सबसे बड़ी वाली चुड़ैल बनेगी। बहन भी तुनक कर जवाब देती है ।

बिन्नी: "मैं तो मरकर चुड़ैल बनूँगी, तू तो जीते-जी ही भूत है। पापा की नौ चप्पलें घिस गईं, दफ़्तरों में तेरी सिफ़ारिश करके, फिर भी तू सेट नहीं हो पा रहा।" भाई-बहन

की लड़ाई देखकर अब बीरू की माँ को बीच-बचाव करने आना पड़ता है। वह बीरू से बनावटी गुस्से के साथ कहती है, "सुधर जा अब नाम मत ले उस मनहूस का, क्योंकि घर में अब बहू आने वाली है। जा, भाग के ये शगुन का सामान लेकर पिंकी के पापा को दे आ।"

पर बीरू अभी भी इस उलझन में है कि वो कैसे बताए कि साइको शांति नदी में कूदकर जान दे चुकी है, और शायद उसने शांति का भूत भी देखा है। बीरू फिलहाल पिंकी के घर जाना नहीं चाहता, तो वह बात को घुमा देता है और माँ से कहता है, "माँ, आप अभी से ही इतना भाव, पिंकी को मत दो, नहीं तो वो

हवा में उड़ने लगेगी।" बीरू की यह बात सुनकर बिन्नी और बेरू के पापा भी हंस देते है। पिंकी अगले दिन, पंचायत भवन के सामने वाले पेड़ की डाल पर उल्टी लटकी हुई है। वह एक अजीब तरह की बेहद मोटी रस्सी से बँधी हुई है।

गाँव के प्रधान और बाकी लोग वहाँ मौजूद हैं और सभी लोग उसकी रस्सी खोलने की कोशिश कर रहे हैं, लेकिन कोई भी उस रस्सी को खोल नहीं पा रहा। बंकु, गुड्डू और बीरू – तीनों सबसे पीछे खड़े हैं। ये लोग अच्छी तरह से समझ रहे हैं कि ये साइको शांति (चुड़ैल)का काम है। बीरू को कुछ याद आता है और वो धीरे से बांकू से बोलता है, "

कि उसने हमसे ये भी कहा था कि अगर पिंकी तुम्हारे सामने आई तो हम उसको उल्टा लटका देंगे।"

गुड्डू पूछता है, "और क्या बोली थी?"

हम लोगो मतलब हम दोनों (गुड्डू-बंकू) के बारे में भी कुछ कहा था क्या?

बीरू घबराते हुए बोलता है, नहीं, पर मेरे बारे में "बोली थी, कि पहले तुमको चौबीस घंटे तड़पाएँगे, फिर अपने साथ ले जाएँगे।"

इधर पिंकी जिस रस्सी से बँधी है वो न तो किसी से खुल रही है और न ही कट रही है।

गाँव का मुखिया फलाने और ढीमकाने बाबा को बुलाता है, ये बाबा जुड़वा भाई है, एक गांव के उत्तर दिशा में रहता है और दूसरा

दक्षिण दिशा में रहता है । और दोनों की आपस में बनती भी नहीं है । बहुत मनाने पर दोनों पंचायत भवन पहुंचते है और उनके मंत्रोच्चार के बाद रस्सी अपनी आप खुल जाती है, पिंकी पेड़ के नीचे रखी चारपायी पर गिरती है । पर पिंकी अब बिल्कुल ठीक है,हालाँकि उसके पास इस बात का कोई जवाब नहीं है कि कब और कैसे वह इस पेड़ से लटक गई। वह तो अच्छी-भली अपने कमरे में सोई थी। फलाने और ढीमकाने बाबा पूरे गांव के सामने घोषणा करते हैं कि एक बहुत बड़ी मुसीबत आ चुकी है। सब लोग सावधान रहना। भीड़ में सबसे पीछे खड़े बीरू, बंकु

और गुड्डू एक-दूसरे को देखते हैं और चुपचाप पीछे से ही निकल लेते हैं। तीनों रास्ते में एक-दूसरे से कोई बात नहीं करते। चुपचाप अपने - अपने घर पहुंचते हैं। इधर बीरू की मम्मी, पिंकी को लेकर घर आई है। पिंकी अब बिल्कुल सामान्य है, लेकिन उसे अब भी याद नहीं है कि उसके साथ ऐसा किसने किया। जैसे बीरू, पिंकी की ओर देखता है, अचानक से उल्टी दिशा से हवा चलने लगती है, कुत्ते रोना शुरू कर देते हैं और घर का माहौल डरावना होने लगता है। और चीलें आसमान में मंडराने लगती हैं। बीरू को साइको की कही बात याद आने लगती है वह झट से पिंकी की तरफ अपनी

पीठ कर लेता है। जिसके बाद घर का भूतिया माहौल फिर से सामान्य हो जाता है। लेकिन बीरू की मम्मी समझती है कि बीरू पिंकी से शर्मा रहा है।

पिंकी भी मन ही मन खुश होती है। वह भी इस भूतिया घटनाक्रम पर ध्यान नहीं देती है। थोड़ी देर बाद, पिंकी जब जाने को होती है तो वह बीरू की तरफ़ देखती है। बीरू भी खिड़की से पिंकी की ओर हल्का सा देखता है। और भूतिया माहौल फिर से बनना शुरू हो जाता है, जिससे बीरू घबरा कर खिड़की बंद कर लेता है और बीरू घूम जाता है। बीरू के ऐसा करते ही माहौल फिर से ठीक होने लगता है।

पर बीरू की बहन, जो कि उसके सामने ही खड़ी है, वह उसे शक की नज़रों से देख रही है। पिंकी के जाने के बाद वह बीरू से पूछती है, "की अगर तूने कोई गड़बड़ की है, तो अभी बता दे।"

बीरू अपनी बहन को झाड़ देता है, "कि अपने काम से काम रखो," और वह सीधा अपने कमरे में चला जाता है। शाम हो चुकी है। और पुराने स्कूल पर मिलने का वक़्त भी हो चुका है। बीरू घड़ी देखता है और "कूट-काट नवयुवक मंगल दल" व्हाट्सएप ग्रुप पर कुछ लिखना शुरू करता है। वह देखता है कि बाकी दोस्त भी ऑनलाइन हैं और कुछ लिख

रहे हैं। तीनों के मैसेज एक साथ व्हाट्सऐप ग्रुप में आते हैं।

बंकु: भाई, एक अर्जेंट पीस ऑफ़ वर्क निकल आया है। कानपुर जा रहा हूँ दो महीने के लिए। शाम को पाठशाला नहीं आ पाऊँगा, तुम लोग इंजॉय करो। और मैं ये व्हाट्सएप ग्रुप छोड़ रहा हूँ। बाय

गुड्डू लफड़ेबाज़: मामा के लड़के का कुछ लफड़ा है, एक सप्ताह के लिए बाहर हूँ। मैं भी ये ग्रुप छोड़ रहा हूँ। तुम लोग इंजॉय करो बाय ।   बीरू दोनों को कॉल पर लेता है और कहता है, "देखो उस दिन मैं डर गया था, चिंता मत करो, तुम लोगों को नहीं फसाऊँगा। ये ग्रुप छोड़ने की ज़रूरत नहीं है।

मेरे साथ जो होना है, वो होगा।" यह सुनते ही दोनों को शर्म आती है कि एक मुसीबत आई और भाग खड़े हुए, और वैसे तो दोस्ती की बड़ी-बड़ी डींगें हांकते थे। गुड्डू झेंपते हुए बोलता है, "जो भी किया, उसने (साइको ने) खुद किया। अब वो चुड़ैल बन गई है तो क्या हम जीना छोड़ दें?" तो ये तय हुआ कि आज रात फिर से पुरानी पाठशाला में मिलेंगे और दारू पीएंगे। अगर आज भी साइको आती है, तो देखी जाएगी।

तीनों दोस्त दारू पीने पुरानी पाठशाला आ तो गए हैं, लेकिन उनकी फटी हुई है। आसपास का वातावरण एकदम शांत है। तभी एक हल्की सी आहट होती है, और

तीनों इधर-उधर देखने लगते हैं। बंकु के हाथ डर के मारे कांपने लगते हैं, और दारू थोड़ी सी छलक जाती है। बंकु काँपते हुए बोलता है, "आज दारू जल्दी ख़त्म करते हैं।"

गुड्डू अभी भी हिम्मत दिखा रहा है। वह घबरा नहीं रहा है। गुड्डू बोलता है, "लिवर पर असर पड़ेगा। आराम-आराम से पियो।"

तभी दरवाज़े के खुलने की आवाज़ होती है, और खिड़की की तरफ़ से भी कुछ आवाज़ आती है। अब इन सबकी हिम्मत जवाब दे जाती है। गुड्डू काँपते हुए पूछता है, "कौन है?" पर कोई जवाब नहीं आता। बीरू काँपती हुई आवाज़ में पूछता है ।

बीरू: स-स-स-स-स... साइको, मतलब...

शांति।   तभी कमरे के अंदर किसी की परछाई दिखती है और तीनों दोस्त घबराकर दीवार से चिपक जाते हैं। लेकिन बाहर से आने वाला गाँव का ही एक आदमी था, जिसे वो जानते थे। यह देखकर तीनों की जान में जान आती है। बीरू पूछता है, "काका, आप यहाँ क्या करने आए हो?"

काका बोलते हैं, "जो तू कर रहा है," यह कहकर वो अपनी लुंगी में बांध कर रखी दारू निकाल लेते हैं। और घट्ट से पी जाते है। बीरू कहता है, "आपको डर नहीं लगता? गाँव में भूत घूम रहा है!"

काका हंसकर बोलते हैं, "ऐसे बहुत से भूत मैंने लंगोटी में बांध रखे हैं।" यह बोल काका अपनी लुंगी में बंधा दूसरा पऊवा निकालते हैं और इसको भी एक साँस में पी जाते है।

यह देख गुड्डू, बीरू, और बंकु को थोड़ा हौसला आता है कि जब ये बूढ़े काका किसी भूत प्रेत से नहीं डर रहे, तो वो तो हट्टे-कट्टे जवान हैं। वो वहाँ से निकलते हैं और घर की ओर चल देते हैं। रास्ते में वो आपस में बात करते हैं कि हो सकता है कल किसी ने उनके साथ मजाक किया हो। वो साइको शांति पर भी हंसते हैं।

सुनसान सड़क पर माहौल फिर से डरावना होने लगता है। अचानक मौसम बिगड़ने

लगता है, और उन्हें सड़क पर एक डरावनी, चमकीली आकृति तेज़ी से इधर-उधर भागती हुई दिखाई देती है। जंगल के जानवरों, जैसे जंगली कुत्ते और भेड़िये, की गुर्राने की आवाज़ें आनी शुरू हो जाती हैं। अब इन तीनों की फटने लगती है। बीरू बोलता है, "एक बार ये साला हाथ आ जाए तो बताता हूँ!"

तभी सामने किसी के परछाई दिखाई देती है जिसके बाल खुले हैं। गुड्डू मोबाइल की लाइट उसपर मारता है, तो देखता है कि ये गांव में ही घूमने वाला एक पागल बंदा है - जिसका नाम नत्थूलाल ज़ुल्फ़िकार है। इस पागल को देख इन तीनो की जान में जान

आती है। गुड्डू उसे डांटते हुए कहता है तू यहाँ क्या कर रहा है? नत्थूलाल कहता है कि भैया ये जंगल ही मेरा घर है, और मैं रात में यहाँ अकेला बोर होता हूँ, तो तरह - तरह के जानवरों की आवाज़ें निकालता हूँ, नत्थूलाल चार पाँच जानवरों की आवाज़ें उनके सामने निकाल कर दिखाता है । तीनो हंस पड़ते हैं और जैसे ही आगे चार कदम बढ़ते हैं वो देखते हैं की नत्थूलाल ग़ायब है, और जंगल का माहौल फिर से भूतिया हो गया है ।

बीरू इस बार हिम्मत के बोलता है कि "ये नाटक बंद कर और सामने सामने आ!" देता हूँ दो झापड़, कान के नीचे तेरे।
पर इस वो नत्थू नहीं साइको थी, साइको शांति तुरंत बीरू के सामने आ खड़ी होती है। उसे सामने देख गुड्डू और बंकु, जो कि बीरू से थोड़ा पीछे चल रहे थे, वहीं से उल्टे पैर भाग जाते हैं। बीरू डर के मारे वहीं ढेर हो जाता है। वह धम्म से सड़क पर गिरता है। इधर बीरू की लाश सड़क पर पड़ी हुई है और दूसरी तरफ बंकु और गुड्डू जंगल के अंदर पागलों की तरह भाग रहे हैं। उन्हें पीछे से आती हुई आवाज़ आगे की दिशा से आती हुई सुनाई देती है। वे वहीं से मुड़ते

जाते हैं। उन्हें दिशा-भ्रम होने लगता है। दोनों बगैर सोचे-समझे पागलों की तरह भागते हैं।

थोड़ी देर भागने के बाद, दोनों एक-दूसरे से ही टकरा जाते हैं और देखते हैं कि वे फिर से वहीं पहुँच गए हैं — जहां बीरू मरा पड़ा है। एक बार फिर, वे भागने को होते हैं, लेकिन कुछ सोचकर वहीं रुक जाते हैं। दूसरी तरफ, पैरलल वर्ल्ड में बीरू की आत्मा किसी अनजान जगह पर है। उसे अभी इस बात का एहसास नहीं है कि वह मर चुका है। वह साइको शांति से बचने के लिए इधर-उधर भागने की कोशिश करता है, लेकिन जिधर भी जाता है, उसके सामने साइको शांति खड़ी

दिखाई देती है।   तभी बीरू की आत्मा को एहसास होता है कि उसे घर भाग जाना चाहिए। अगले ही पल, बीरू अपने घर में होता है। बीरू की आत्मा एक कमरे से दूसरे कमरे में भाग रही है, पर उसे हैरानी हो रही है कि घर में मौजूद सभी लोग उसे नजरअंदाज कर रहे हैं।   वह लोग के सामने भाग दौड़ रहा है और कोई कुछ नहीं कह रहा है । क्योंकि किसी को भी इन दोनों की आत्मा दिखाई नहीं दे रही है। पर इन दोनों के भागमभाग से जब दरवाज़े और खिड़कियाँ हिलने लगते हैं, तो बीरू के घरवालों को थोड़ी हैरानी होती है कि यह सब कौन कर रहा है। इधर, बीरू की आत्मा कमरे में

अपनी बहन बिन्नी पर चिल्ला रही होती है,
"अरे, ये साइको हमें फाड़ डालेगी! बचाओ।
साइको शांति की वजह से बिन्नी की स्टडी
टेबल ज़ोर से हिलती है, और सारी किताबें
और बाकी सामान भी नीचे गिर जाता है।
बिन्नी हैरान होकर देखती है, लेकिन बीरू की
आत्मा उसे दिखाई नहीं देती।
उधर, साइको शांति बीरू की आत्मा की तरफ़
बढ़ रही होती है, और बीरू की आत्मा अब
डिफेंसिव हो जाती है। उसे लगता है कि
बिन्नी अब साइको से भी बड़ा बवाल काटेगी
। वह बिन्नी से बोलती है, "नहीं... नहीं...
मैंने कुछ नहीं किया! तेरी टेबल इस साइको
ने बिगाड़ी है!" शांति अपना नाम 'साइको'

सुनकर एकदम भड़क जाती है और बीरू पर कूद पड़ती है, लेकिन उसी वक़्त बीरू तेजी से घिसटते हुए पीछे हटने लगता है।

उसकी पीठ पर अचानक बड़ी भयानक खुजली होने लगती है, और बीरू की आत्मा दर्द से कराहते हुए बोलती है, "ये जो तुम मेरी पीठ पर कर रही हो, वो बंद करो, शांति, प्लीज़!" इस पर साइको शांति बोलती है, "ये मैं नहीं कर रही!"

दरअसल, उस समय जंगल में बीरू की लाश सड़क के बीचो बीच पड़ी होती है, और गुड्डू और बंकू को दूर से एक गाड़ी आती हुई दिखाई देती है। बंकु गुड्डू बीरू की लाश को घसीटकर किनारे कर देते हैं। वे दोनों बीरू

को वहीं छोड़कर भागने ही वाले होते हैं कि

अचानक बीरू ज़िंदा हो जाता है।

बंकु और गुड्डू को लगता है कि इसमें

साइको की आत्मा घुस आई है, और वे

चीखते-चिल्लाते भाग जाते हैं। बीरू किसी

तरह उन्हें यक़ीन दिलाता है कि अब वह

बिलकुल ठीक है।

उसी वक्त अचानक से झाड़ियों से नत्थू

लाल भी निकलता है और बीरू की हालत

देख कर पूछता है कि ये कैसे हुआ? गुड्डू

और नाथूलाल की बात को अनसुना करके

बीरू अस्पताल ले जाते हैं । जब बीरू पट्टी

बांध कर घर पहुचाता है और बीरू की माँ

पूछती है कि यह चोट कैसे लगी? वह

पूछती है, "क्या बात छिपा रहा है तू?" कई दिन से देख रहा हूँ तू बदला - बदला नजर आ रहा है। अब बीरू के पास कोई चारा नहीं बचता। वह अपनी माँ को सब कुछ बता देता है कि कैसे कुछ रोज़ पहले साइको शांति ज़िद में आकर नदी में कूद गई और अब चुड़ैल बनकर उसे परेशान कर रही है। हालांकि, बीरू ने सड़क पर हुई अपनी मौत की बात छुपा ली। बीरू की मम्मी इस मामले को हल्के में लेते हुए फलाने बाबा के पास जाती हैं। फलाने बाबा, बीरू और पिंकी दोनों की कुंडली देखते हैं और कहते हैं कि शादी में बाधा तो है, लेकिन शादी होने के बाद सब ठीक हो जाएगा।

बाबा का इतना कहना, बीरू की माँ के लिए काफ़ी था, वह शादी की तैयारी में जुट जाती है। बीरू दुबारा माँ को समझाने की कोशिश करता है, लेकिन अब तो माँ मानने को राज़ी ही नहीं हैं। जैसे ही बीरू की शादी की खबर मोहल्ले में फैलती है। सब लोग खुश हो जाते हैं। शादी का सामान शहर से आ रहा है। मोहल्ले की औरतें घर में जुटकर बीरू की माँ की मदद कर रही हैं। कुछ औरतें गाना-बजाना शुरू कर देती हैं। गुड्डू और बंकु भाग-भागकर काम कर रहे हैं। बीरू यह सब देख कर परेशान है।

लेकिन ऐसा नहीं है कि सिर्फ़ बीरू ही मुश्किल में है। गाँव में कुछ और भी लोग

हैं, जो मुश्किल में हैं। सबसे पहले, आश्चर्यजनक तरीके से कुछ लोगों की एक पैर की चप्पलें ग़ायब हुईं और फिर उनके पीठ और गाल पर चाँटे के निशान पड़े। लोग-बाग हैरान थे कि कौन है जो उनके एक पैर की चप्पल ग़ायब कर रहा है और उन्हें चाँटे भी मार रहा है। गाँव में लोग तरह-तरह की बातें हो रही हैं, क्या ये वही मुसीबत है जिसके बारे में फलाने और ढिमकाने बाबा ने आगाह किया था। पर इन सबके बीच कोई भी शांति के बाप की बात को ध्यान ही नहीं दे रहा है कि शांति आख़िर गई कहाँ? ना पुलिस वाले रिपोर्ट लिखने को राज़ी, ना गाँव वाले शांति के बाप

की बात सुनने को राज़ी। शांति के बाप पागलो की तरह इधर उधर अपनी बेटी को ढूँढ रहे हैं।

आधा गाँव लाल चाँटों के निशान से परेशान था और आधा गाँव बीरू और पिंकी की शादी से खुश। किसी को भी साइको की परवाह ही नहीं है । और जिसे पता था, यानी बीरू, वो हैरान होकर सब देख रहा है कि कैसे उसके आसपास मेला सा लगा हुआ है। शाम का वक्त है और बीरू के घर में गीत - संगीत का समा बांधा हुआ है। तभी अचानक से घर का माहौल डरावना हो जाता है और उल्टी हवा चलने लगती है।

चारों तरफ अँधेरा छाने लगता है, और जो लड़की ढोलक पर बैठकर गाना गा रही है, उसकी आँखें पलट जाती हैं, उसकी पुतलियाँ सफेद हो जाती हैं। वह भूतिया गाने गाने लगती है, और बाकी लोग भी अजीबोगरीब बर्ताव करने लगते हैं क्योंकि साइको शांति ने सबको वश में कर लिया है। बीरू की फट जाती है, वह सोचता है कि वह फिर से मर चुका है। बीरू भूतिया मेहमानों और साइको शांति से बचने के लिए वह सोचता है कि कमरे के अंदर भागा जाए, लेकिन वह दरवाज़े के बजाय दीवार से घुसने की कोशिश करता है।

इसके पीछे उसका लॉजिक यह था कि वह तो आत्मा है, दीवार पार कर जाएगा, लेकिन होता इसका उल्टा है — वह दीवार से इतनी ज़ोर से टकराता है कि उसके माथे पर गुम्मा बन जाता है। साइको शांति बीरू पर मुस्कराती है, और उसके गंदे और भयानक दांत दिखाई देते हैं। बीरू बोलता है, "शांति, ब्रश कर के डराया करो यार।" शांति को बीरू का मजाक पसंद आता है, वह थोड़ा और हंसती है। इधर बीरू मौक़ा पाकर कमरे के अंदर घुसता है और तुरंत दरवाज़ा बंद कर लेता है।

इस बार गुड्डू और बंकू पर भी साइको शांति का असर है। गुड्डू छुपी हुई बांस की सीढ़ी

लाकर साइको के सामने रखता है। अंदर से ज़िंदा बीरू सब देख रहा है और अपने दोस्त की धोखेबाज़ी पर ग़ुस्सा करता है। साइको बांस की सीढ़ी को दूसरी तरफ़ फेंकती है और दीवार को पार करके अंदर घुस जाती है। बीरू साइको को देखकर डर के मारे पीछे हटता है और दीवार से चिपक जाता है। साइको अपनी डरावनी हंसी के साथ उसके चेहरे के एकदम पास आती है और बीरू की मौत एक बार फिर हो जाती है।

अब घर के बाकी लोग वापस नार्मल कंडीशन में आते हैं, उन्हें अभी भी इस बात का एहसास नहीं है कि वे थोड़ी देर पहले साइको शांति के कब्जे में थे। सभी लोग बीरू को

मरा हुआ देखकर घबरा जाते हैं, बीरू की माँ
भी बेहद डर जाती हैं। लेकिन गुड्डू और
बंकू, बीरू की माँ को संभालते हैं और कहते
हैं, "इसकी तो आदत है मरकर ज़िंदा होने
की। वो जो पिक्चर थी ना, जिसमें
नवाज़ुद्दीन बोलता है, 'मौत को छू टक्क से
बाहर आ सकता है,' वैसे ही आएगा, आपका
बेटा वापस आ जाएगा। आप रोइए मत।"
बीरू की माँ बोलती हैं, "कैसे ना रोऊँ, मेरे बेटे
की शादी होने वाली थी और वो मर गया
है।"
"कैसे दोस्त हो तुम इसके? तुम्हारे सामने
तुम्हारा दोस्त मरा पड़ा है, पर तुम लोगों की
आँख में एक आँसू नहीं है।" गुड्डू बोलता है,

"आँसू सूख गए, चाची। एक बार मरे तो कोई रोए भी, ये तो रोज़ ही मर रहा है, एक हफ़्ते से। अब बाकी के आँसू इसकी फाइनल मौत के लिए बचा रखे हैं।" बंकू, बीरू की मम्मी को पूरी घटना बताता है, जितना भी उन्हें पता है। सभी लोग बीरू को ज़िंदा करने की हर तरह की कोशिश कर रहे हैं, लेकिन बीरू वैसे का वैसा ही मरा पड़ा है।

जब कई घंटे बीत जाते हैं, तो घर के सब लोग बीरू की शादी का सफेद सूट साइड में रखकर उसे सफेद कफ़न पहनाते हैं। लेकिन उसी वक्त बीरू फिर से ज़िंदा हो जाता है।

जब घर का माहौल दुबारा नॉर्मल हो जाता है और माँ सारी बात सुनती है ।

माँ अपनी तरफ से हर संभव प्रयास करती है — नज़र उतारती है, तरह-तरह के पूजा-पाठ करती है। बीरू इन सब चीजों से असहज महसूस कर रहा है। उधर, बीरू की मम्मी साइको को बुरी तरह कोसती हैं और साथ में बीरू को भी लपेट लेती हैं कि, "ज़रूर तेरी ही कोई गलती होगी, वरना कोई इतना पीछे कैसे पड़ सकता है!" अब तक बीरू भी माँ की एक ही बात बार-बार सुनकर तंग आ चुका है। वह कहता है, "बस करो माँ, हर वक़्त एक ही बात! अब तो चुप हो जाओ। वो तो मुझे मरने के बाद टार्चर करेगी और आप लोग मुझे जीते-जी ही टार्चर कर रहे हो।"

इसी दौरान, बीरू और उसके दोस्तों और परिवार वालों को पता चलता है कि साइको शांति का बाप उसे कई दिन से खोज रहा है और अब उसने एफआईआर भी दर्ज करा दी है।

अगली सुबह "साइको शांति के पापा, बीरू के घर आते हैं और उससे शांति को लेकर बहुत से सवाल करते हैं — जैसे, अगर तुमने उसे कहीं देखा हो तो बताओ, या अगर वह तुमसे कुछ कहकर गई हो तो भी बताओ। मैं तुमसे कुछ नहीं कहूंगा। बीरू अपनी उंगलियों पर कुछ हिसाब लगाता है और मन ही मन कहता है कि अभी इस बुड्ढे को कितने दिन और झेलना है। बीरू चुप ही रहता है कुछ

नहीं बोलता है। उधर, पुलिस के साथ मिलकर शांति के पापा, शांति के गुमशुदा होने के पोस्टर लगा रहे हैं।"

बीरू अपने कमरे में बैठा, सभी बातों को एक-एक करके जोड़ रहा है। शाम को उसके दोस्त उसे दारू पीने के लिए पुरानी पाठशाला बुलाते हैं।

लेकिन अब बीरू की प्राथमिकताएँ बदल चुकी हैं। उसे पिंकी के साथ ज़्यादा से ज़्यादा समय बिताना है, इसलिए वह अपने दोस्तों को टाल देता है। पिंकी के साथ पिक्चर देखने का प्लान करता है। बीरू के दोस्त उसे लताइते हैं क्योंकि वह आज दारू पीने नहीं आ रहा है। वे उसे डरपोक भी कहते हैं।

पर बीरू अपने दोस्तों को इग्नोर कर के, घर से कोई बहाना बनाकर निकलता है।   पिंकी से मिलने के लिए।

"लेकिन साइको जब देखती है कि बीरू पिंकी के पास जा रहा है, तो वह उसे वहीं रास्ते में ही मार देती है। बीरू की लाश सड़क पर गिर जाती है। उसका फोन हाथ से छूटकर गटर में चला जाता है। आस-पास की दुकानें बंद हैं, और कुत्ते भौंक रहे हैं। संयोग से, उसी वक्त मुर्दाघर की गाड़ी वहाँ से गुजर रही थी। गाड़ी वाले ने बीरू की लाश को उठा लिया और उसे मुर्दाघर के डेड बॉडी फ्रीज़र में रख दिया। इस वजह से दूसरी तरफ

पैरेलल वर्ल्ड में बीरू को ठंड लगनी शुरू

होती है।"

उसका शरीर काँपने लगता है। इस पर

साइको शांती कहती है, "कुछ ही दिनों की

बात है, फिर तुम मेरे साथ यहीं नदी किनारे

रहोगे। फिर सब ठीक हो जाएगा।"

जैसे ही आज के मौत के घंटे ख़त्म होते हैं,

बीरू अचानक फिर से जिंदा हो जाता है और

खुद को मुर्दाघर के डेड बॉडी फ्रीज़र में पाता

है। घबराहट में वह शोर मचाने लगता है,

जिससे मुर्दाघर में काम करने वाले लोग डर

जाते हैं। किसी तरह, बीरू वहाँ से बाहर

निकलने में सफल हो जाता है। इधर, बीरू

के घरवाले और उसके दोनों दोस्त उसे हर

तरफ़ ढूँढ रहे हैं। उन्हें साइको शांती से भी डर लग रहा है।

आखिरकार, बीरू गुड्डू बाँकी मिल जाते है और बीरू घर पहुँच जाता है।

बीरू की माँ साइको शांति से फुंकी हुई है और कहती है, "ये लड़की तो मरके भी मेरे लड़के का पीछा नहीं छोड़ रही है।" जाने कौन सी घड़ी में ये मेरे बेटे के पीछे पद गई और पीछा ही नहीं छोड़ रही। वह मिर्ची जलाकर फिर से बीरू की नज़र उतारना शुरू करती है। बीरू, साइको से अपनी पहली मुलाकात को याद करता है, और कहानी यहाँ से फ्लैशबैक में जाती है। साइको शांति छोटी बच्ची है, जो अपनी मम्मी से ज़िद कर रही

है कि उसे पिक्चर देखने जाना है, लेकिन उसकी मम्मी उसे कहती है कि लड़कियों का इस तरह पिक्चर-विक्चर देखना ठीक बात नहीं है। "जब अपने ससुराल जाना, तो पति के साथ खूब पिक्चर देखना।"

साइको शांति क्लास में बैठी है। वह उदास है और ध्यान कहीं और होने के कारण टीचर उसे डांट देता है। जब क्लास खत्म होती है, तो बीरू भी उसी क्लास में है। (टीन ऐज्ड) शांति से उसकी उदासी का कारण पूछता है। तो शांति उसे कारण बताती है। बीरू, जो कि शुरू से सबकी मदद करने वाला लड़का है, वह टिकट का जुगाड़ करता है और शांति को पिक्चर दिखाने के लिए खुद भी स्कूल से

बंक करता है। दोनों उस दिन को पूरा इंजॉय करते हैं। अब शांति थोड़ी और बड़ी हो गई है, और अपनी माँ से कहीं बाहर घूमने की इजाज़त माँगती है। अब शांति की मम्मी के बाल भी ग्रे होने शुरू हुए हैं। वह इस बार भी शांति को यही कहकर मना करती है कि लड़कियों का इस तरह से शादी से पहले घूमना फिरना अच्छी बात नहीं है। जब शादी हो जाएगी, तो अपने पति के साथ जी भर के घूमना। शांति बीरू से घूमने के लिए कहती है, तो बीरू फिर से कोई जुगाड़ लगाकर शांति को मेला घुमा देता है। शांति बीरू से बहुत खुश होती है और बीरू को किस करती है, पर बीरू शांति को दुबारा ऐसा नहीं करने

को बोलता है। जब शांति अपने घर जाती है, तो गुड्डू और बंकू बीरू को खूब छेड़ते भी हैं और पूछते हैं कि तू क्यों उसकी हर ख्वाहिश पूरी करता है।

तो बीरू कहता है कि यार एक बार मैंने पिक्चर दिखाने में इसकी मदद की थी, तो तब से लेकर आज तक यह चेंप ही हो गई है। कुछ और समय बीतता है और शांति थोड़ी और बड़ी होती है और आगे की पढ़ाई के लिए जिले से बाहर जाने की बात करती है। तो शांति की मम्मी कहती है कि एक तो तेरे लिए कोई लड़का नहीं मिल रहा, दूसरा तू बाहर चली जाएगी। ज्यादा पढ़ लेगी, तो कौन ब्याह करेगा तुझसे? और अब आगे पढ़ना है,

तो... अब पति के घर जाकर पढ़ना। शांति, बीरू को अपनी मम्मी के सामने खड़ा कर देती है। की ये मेरे से शादी करेगा आप मुझे शहर जाने दो पढ़ने के लिए। शांति के माँ बाप ख़ुश होते हैं बीरू के घर बात करने की बात करते हैं । बीरू हैरान था उसे बिल्कुल अंदाज़ा नहीं था कि साइको शान्ति ऐसा कुछ करेगी। बीरू मना करने ही वाला था, पर शांति इशारों से रिक्वेस्ट करती है अभी वो चुप रहे । बाद में बीरू से बोलती है कि, "पहले मेरी नौकरी लग जाने दो," फिर में कोई लड़का भी ढूँढ लूँगी। यहाँ शहर के कालेज में भी सभी लोग जल्द ही शांति को समझ जाते हैं कि वह कितनी बड़ी साइको

हैं, तो कोई भी लड़का उससे पटने को राज़ी नहीं है। जब शांति से कोई लड़का नहीं पटता, तो शांति बीरू से बोलती है कि अब तुझे ही मुझसे शादी करनी होगी।

बीरू यह बात अपने दोस्तों को बताता है। बीरू के दोस्त उसे बहुत चिढ़ाते हैं और कहते हैं कि तुम्हें अब ये दोस्ती खत्म करनी होगी, और इत्तेफाक़ से उसी वक़्त बीरू की मम्मी ने पिंकी के रिश्ते की बात शुरू कर दी थी। बीरू को पिंकी से बात करके लाइफ़ में पहली बार खुशी मिली। बीरू ने तय कर लिया कि वह अब शादी पिंकी से ही करेगा। जब साइको को बीरू और पिंकी के रिश्ते की बात पता चलती है तो शांति ने

बीरू को मिलने के लिए पर बुलाया है। शांति बीरू का इंतज़ार कर रही है। बीरू आता है और देखता है कि यह जगह एक किसिंग पॉइंट है। वहाँ पर कपल बैठे हैं, एक-दूसरे को किस कर रहे हैं। लड़कियाँ साइको को देखकर हँस रही हैं। सबसे ज़्यादा हैंडसम बीरू ही लग रहा है। लड़कियाँ बीरू को देखकर फ़्लर्ट कर रही हैं। साइको लड़कियों की तरफ़ देखती है और उन्हें डाँटती है। लड़कियाँ अपने-अपने बॉयफ्रेंड के साथ वहाँ से चली जाती हैं। साइको मिर्ची की नज़र उतारती है। बीरू साइको की तरफ़ ध्यान भी नहीं देता और खाने के डब्बे को उठा लेता

है। वह दाल खोलकर देखता है। दाल एकदम फीकी है। बीरू तुनक कर कहता है।

बीरू: जो मिर्ची मेरे मुँह पर घुमा रही है, अगर वो दाल में डाल देती, तो ये फीकी नहीं रहती।

साइको उसको चुप रहने को कहती है और एक मंत्र बोलती है, "मेरा बीरू सभी बुरी बलाओं से दूर रहे, चुड़ैल से दूर रहे।"

बीरू फिर से ताना मारता है ।

बीरू: तुम्हारे रहते किसकी इतनी हिम्मत जो मेरे पास आए।

इस पर साइको बोलती है, "तो फिर गुड्डू और बंकु नाम के दो-दो भूत क्यों चिपके रहते हैं?"

बीरू के पास कोई जवाब नहीं होता। वह साइको के लगातार डोमिनेशन से बात चीत बंद करने का रास्ता खोज रहा है। पर उस मिल नहीं रहा है।

हर बार वो इस रिश्ते को ख़त्म करने जाता है और बेवकूफ बन के वापस आ जाता है। पर अब जब साइको को पिंकी के बारे में पता चला और उसने रात में ही बीरू को नदी किनारे बीरू को बुलाया, तो बीरू ने बात करने का करने का फ़ैसला ले ही लिया। और वहाँ रिवर डैम पर दोनों के बीच कलेश हुआ और साइको कूद गई पानी में। कहानी यहाँ से फ्लैशबैक से वापस आती है। बीरू अपने दोस्तों के साथ बहुत सारी हॉरर फ़िल्में

भाग-भाग कर देख रहा है कि कैसे चुड़ैल का सामना किया जाए। वे सारी चीज़ें लाते हैं जिनसे कि भूत-प्रेत का सामना किया जा सकता है, जैसे कि क्रॉस, गंगा जल, बिल्ली के बाल, आदमी की खोपड़ी, नींबू, आदमियों की हड्डियाँ। ये लोग अब आश्वस्त हैं कि अगर आज साइको शांति आती है, तो कुछ न कुछ वर्कआउट कर ही जाएगा। गुड्डू जोश में आकर शांति को गालियाँ भी देते हैं और आने के लिए चुनौती करते हैं। दूसरी तरफ, शांति की आत्मा जो कि नदी किनारे बैठी है, वह बीरू और उसके दोस्तों के इस चैलेंज को अपने ईगो पर लेती है और आती है बीरू के घर। उसके आने से घर का माहौल फिर से

डरावना हो जाता है। पूरे मोहल्ले में दिन है, पर बीरू के मानो जैसे रात हो गई है।

गुड्डू और बंकू थोड़ी हिम्मत दिखाते हैं और जिस तरह पुरानी पिक्चरों और किताबों में भूत को भगाने के उपाय बताए गए थे, सब ट्राई करते हैं, लेकिन साइको शांति बीरू की जान ले ही लेती है। बीरू की जान जाने के बाद, सब कुछ सामान्य हो जाता है। अब सब लोग बीरू की मम्मी को कोसते हैं कि उसने ही ज़िद की थी बीरू की शादी पिंकी से कराने की। इसी वजह से ये सब मुसीबत खड़ी हुई है। तो बीरू की मम्मी बोलती हैं कि मैंने जो भी किया, बीरू का ही सोचकर किया है। एक माँ होने के नाते मुझे अच्छे

से पता था कि बीरू साइको के साथ खुश नहीं था। गुड्डू और बंकू हैरान होते हैं कि मम्मी को कैसे पता चला कि शांति का नाम साइको है। तो माजी बोलती हैं कि माँ-बाप को सब पता होता है, बस वो बच्चों के सामने इसे जताते नहीं हैं। उसी वक्त बीरू उठता है और बोलता है कि माँ सही कह रही है। इस पर गुड्डू और बंकू बोलते हैं, "तुझे क्या, मरने के बाद भी हमारी बातें सुनाई देती हैं?"

तो बीरू बोलता है, "नहीं, मैं तो काफ़ी पहले ही ज़िंदा हो गया था। मैंने तो बस ये देखना चाह रहा था कि मरने के बाद तुम लोग मेरे पीछे-पीछे क्या बातें करते हो।" बीरू माँ को

गले लगा लेता है और बोलता है, "ज़िंदगी भर मैंने तुम्हें ग़लत समझा कि तुम मेरा साथ कभी नहीं देतीं।" मुझे माफ कर दो बीरू को अब अपने जीने की कोई उम्मीद नहीं है। वह अपने दोस्तों, घरवालों और रिश्तेदारों से माफ़ी माँग रहा है कि जाने-अनजाने कोई ग़लती हो गई हो, तो माफ़ कर दो। पर उसके रिश्तेदार उसकी माफ़ी भी लेने को तैयार नहीं हैं, सब उसे दूर से भगा रहे हैं। उन्हें डर लगता है कि अगर ये हमारे यहाँ मर गया, तो दिक्कत हो जाएगी। बीरू को बहुत गुस्सा आता है कि उसने जिनकी भी मदद की, वही लोग आज उससे अपना पल्ला झाड़ रहे हैं।

बीरू एकदम निराश हो जाता है और दोस्तों के साथ बैठा है। वह बोलता है, "रोज़-रोज़ मरने से तो बेहतर है कि मैं सुसाइड ही कर लूं।" गुड्डू हँसते हुए बोलता है, "तेरी प्रॉब्लम सुसाइड करने से ख़त्म नहीं होगी, बल्कि बढ़ जाएगी।" इधर पिंकी भी परेशान है कि बीरू और उसके घरवाले कुछ दिनों से अजीब बर्ताव कर रहे हैं । पहले तो बीरू बात को टाल देता है लेकिन बाद में सब कुछ सच बता देता है। पिंकी सब कुछ सुन कर हैरान रह जाती है।

2

पिंकी, सबसे पहले बीरू से क्लैरिटी लेती है, "
कि सच-सच बताओ, कहीं मैं तो ज़िम्मेदार
नहीं हूँ?" बीरू, पिंकी की आँखों में आँखें
डालकर बोलता है, "मैंने उसकी मदद एक
दोस्त की तरह की थी, और वो चेप हो गई।
यही सच है। जब तक वो ज़िंदा थी, मेरी
लाइफ उसने झंड कर रखी थी। और बाद
उसने मेरा क्या हाल किया है ये तो सबके
सामने है। मेरे साथ अगर अब तक कुछ
सबसे अच्छा हुआ है, तो वो है तुम्हारा मेरी
ज़िंदगी में आना।"

पिंकी, बीरू की बात पर भरोसा करती है। और जब घर पर पिंकी के घरवाले शादी तोड़ने की बात करते हैं, तो पिंकी बीरू की तरफ़ से लड़ जाती है। पिंकी बोलती है, "बीरू लाखों में एक है और वह सिर्फ अपनी अच्छाई की वजह से यह सब झेल रहा है। मैं शादी करूँगी, तो बीरू से ही करूँगी। और मैं पूरी कोशिश करूँगी कि बीरू ठीक हो जाए।"

पहले प्रयास के तौर पर, बीरू के इलाज के लिए शहर से डॉक्टर चंदोला से करने के लिए सब लोग राजी होती है, लेकिन डाक्टर चंदोला गांव आने को राजी नहीं, और साइको बीरू को गांव से बाहर जाने देने को राजी

नहीं। जब भी बीरू गांव से बाहर जाने की कोशिश करता साइको हमेशा कोई ना कोई बाधा डाल देती। तो गुड्डू डाक्टर चंदोला को ही किडनैप कर के गांव ले आता है ।

डॉ. चंदोला को अब भी यकीन नहीं होता है कि किसी को मौत हर रोज़ हो रही है और वो ज़िंदा भी हो रहा है। डाक्टर साहब को बीरू के घर पर ही ठहराया गया है। अब डॉ. चंदोला अपनी मर्ज़ी से तो आए नहीं हैं, तो वो हर दस मिनट में बीरू से पूछ रहे हैं, "मौत आ रही है क्या? मौत आ रही है क्या?" इधर बीरू संडास में बैठा है, और डाक्टर साहब दरवाज़ा खटकटा के पूछते हैं की मर गए क्या?

लेकिन बीरू को मौत नहीं आ रही है। बीरू गुस्सा होता है और बोलता है, "जब तक मुझे मौत नहीं आती, आप टाइम पास के लिए बाक़ी लोगों का इलाज कर लो।" डाक्टर चंदोला को बीरू यह सलाह ठीक लगती है । और घर वालों को उनकी दवाई सूट कर जाती है। अब चूँकि डॉ. साहब ने दो खुराक में बीरू के पापा की क़ब्ज़ ठीक कर दी, तो अब बीरू के घर वालों को ये लगता है कि वो बीरू को भी ठीक कर देंगे। अब ये लोग भी बीरू से पूछते हैं, "मौत आ रही है क्या?" पर बीरू को तीन दिन तक मौत ही नहीं आती है। साइको ना जाने कहाँ ग़ायब है। बीरू के पापा गुड्डू लफड़ेबाज़ को डाँटते हैं,

"जाओ, डॉ. चंदोला को शहर छोड़ कर आओ। बहुत परेशान कर लिया इनको।" बीरू की पापा की बात कौन टालने की हिम्मत करे ? तो गुड्डू इधर, डॉ. चंदोला को लेकर शहर जाने वाली बस में बिठा देता है।

"पर उनकी बस आधे रास्ते में ही गुड्डू लफड़ेबाज़ फिर से रोक लेता है, क्योंकि बीरू की मौत हो चुकी है। डॉक्टर चंदोला बीरू की बॉडी को देखकर अपने लेवल पर प्रयास कर रहे हैं, लेकिन कोई फ़ायदा नहीं हो रहा है। दूसरी तरफ, बीरू पैरलेल वर्ल्ड में शांति के साथ है। पहले बीरू साइको से दूर भागता है, लेकिन साइको उसे हर जगह उसके सामने आ जाती है। इस बार बीरू उससे फिर से

माफ़ी माँगता है और कहता है कि 'हमारी तो बात ही हो रही थी कि तुम गुस्से में कूद गई।' इस पर साइको बोलती है, 'चलो, मैं तुम्हें नदी वाले कांड के लिए माफ़ भी कर दूँ फिर भी तुम नहीं सुधरोगे। मैं बचपन से तुमसे प्यार करती आ रही थी, कोई भी लड़की किसी को इतना प्यार करती है क्या?'

बीरू बोलता है, 'मेरी बात भी तो सुनो।' शांति उसकी बात को काटती है और कहती है, 'अगर प्यार नहीं था तो मुझे मेला घुमाने क्यों ले गए? प्यार नहीं था तो मेरे हाथ के पराठे क्यों खाए? प्यार नहीं था तो मेरे साथ पिक्चर देखने क्यों गए? और प्यार नहीं था तो चुम्मा चाटी प्वाइंट पर ले जाकर कुछ

किया क्यों नहीं? शादी से पहले कुछ भी करने से मना क्यों कर दिया था?'

अब कहानी यहाँ से फिर से फ्लैशबैक में जाती है। साइको और बीरू दोनों अपने बचपन में हैं। साइको खुश होकर मेले में घूम रही है और बीरू का मुँह बना हुआ है, लेकिन साइको के सामने इसे ज़ाहिर नहीं कर रहा है। इसके बाद, साइको ने जला हुआ पराठा बीरू के सामने रखा है। बीरू उसे बड़ी मुश्किल से खा रहा है और बंकु और गुड्डू हँस रहे हैं।

अब बीरू और साइको बड़े हो चुके हैं। चुम्मा-चाटी प्वाइंट पर जब साइको बीरू को

किस करने वाली है तो बीरू पेट दर्द का बहाना बनाकर वहाँ से भाग जाता है।

कहानी फ्लैशबैक से वापस आती है और बीरू की आत्मा सीरियस होकर साइको को समझाने की कोशिश कर रहा है, लेकिन उसे अचानक से हँसी आनी शुरू हो जाती है। वह हँसते हुए कहता है कि "देखो शांति, मेला मैं तुम्हारी ज़िद पर गया था और पराठे तुम्हारे जले हुए थे, और उस दिन चुम्मा-चाटी प्वाइंट पर मुझे सच में पेट दर्द था। हा हा हा।"

साइको बेहद गुस्सा होती है। बीरू शांति से गुदगुदी बंद करने के लिए कहता है, तो शांति बोलती है, "ये मैं नहीं कर रही।" नीचे तुम्हारे

घरवाले कर रहे हैं। इसी वक़्त बीरू फिर से ज़िंदा हो जाता है।

दरअसल, आज का वक़्त पूरा होने को है और रियल वर्ड में जब डॉक्टर चंदोला की कोई दवा काम नहीं आती, तो बीरू की बहन ने उसके तालु में गुदगुदी करना शुरू कर दिया। डॉक्टर चंदोला पूछता है कि "ये क्या कर रहे हो?" तो बिन्नी बोलती है कि "बीरू कितनी भी नींद में हो, उसको तालु में गुदगुदी करने पर वह जग ही जाता है।" और हुआ यही।

यह सब देख डाक्टर साहब ख़ुद बेहोश हो जाते है।

जिंदा होते ही बीरू, बिन्नी के कान खींचता है और कहता है, "कुछ भी करना, लेकिन मुझे

जिंदा करने के लिए कभी भी पैर में गुदगुदी मत करना।" डॉक्टर चंदोला दोबारा चेक करता है तो अब बीरू पूरी तरह से ठीक है। बीरू ज़िंदा तो है लेकिन बहुत उदास है। वह सबको बोलता है कि बस कुछ ही दिन का वक़्त बचा है, उसके बाद फाइनल मौत। बंकु के मन में एक आइडिया आता है और वह कहता है कि जहाँ विज्ञान समाप्त होता है, वहीं से धर्म शुरू होता है। मेरी मानो तो चलो फलाने बाबा के पास, वो ज़रूर ठीक कर देंगे। घर के सब लोग राजी होते हैं और फलाने बाबा के पास ले जाते हैं।

फलाने बाबा बहुत मसखरे टाइप के बाबा हैं, वो किसी भी चीज़ को सीरियसली नहीं लेते

हैं। फलाने बाबा को पहले तो यकीन ही नहीं होता कि ऐसा भी कुछ हो सकता है। लेकिन जब वह अपने खास चेले से बीरू की जाँच-पड़ताल कराते हैं, और वह कहता है कि बात एकदम सच्ची है, तो बाबा एक प्लान सोच लेते हैं। इधर जैसे ही बीरू मरता है, फलाने-ढीमकाने बाबा अपना स्वांग करना शुरू कर देते हैं कि "मैं इसे कुछ घंटे बाद ज़िंदा कर दूंगा। जिसे भी कोई शक हो, आकर देख लो कि यह मरा है कि नहीं।" बाबा के भक्त पागल हो जाते हैं। वहाँ मौजूद सभी लोग मरे हुए बीरू को छूकर देखते हैं और बाबा के चमत्कार को नमस्कार करते हैं।

सभी भक्त बीरू की डेड बॉडी पर फूल, प्रसाद, मिठाई फेंकते हैं, जिसकी वजह से बीरू को आज भी पैरलल वर्ल्ड में शांति के साथ बात करने में अनकंफर्टेबल हो रहा है। और शांति भी इरिटेट होती है। वह कहती है कि बस कुछ ही दिनों की बात है, ये सब नाटक खत्म हो जाएगा और तुम हमेशा के लिए मेरे हो जाओगे। जब बीरू वापस ज़िंदा होता है तो बिना किसी से कुछ बोले तुरंत घर की ओर भागता है और उसके पीछे-पीछे धीरू और बाकी घरवाले।

घर पहुँचते ही बीरू बिन्नी से बोलता है कि "अगली बार मुझे ज़िंदा करने के लिए भले ही तालू में गुदगुदी कर लेना, पर किसी बाबा

के पास मत ले जाना।" बीरू अपनी उम्मीद खोकर बैठा है। अब बाबा को अपनी गलती का एहसास होता है और वो बीरू को एक सुनहरी भभूत देते हैं।और कहते है की इस भभूत से गोल घेरा बनाकर बीच में बैठ जा, एक बार तेरा ये मरने का चक्र टूटेगा तो शायद में कुछ कर पाऊं। बीरू बोलता है की बाबा चौबीस घंटे कैसे गोले के अंदर बैठ पाऊँगा। कुछ नहीं तो सूसू करने के लिए ही गोले से बाहर आना पड़ेगा। बाबा बोलते हैं भाई तू डिसाइड कर के ले, मूत रोकना जरूरी है की मौत रोकना। कोई चारा ना देख कर बीरू फल-मिठाई लेकर एक जगह बैठ जाता है। बीरू के घरवाले पूजा-पाठ करके

भभूत का गोल घेरा बना देते हैं। इस बार जब साइको शांति अपने तय समय पर आती है और पूरे घर बहुत उत्पात मचाती है। वह घर में मौजूद सब लोगों को बहुत टॉर्चर करती है, लेकिन वह बीरू का कुछ नहीं बिगाड़ पाती, क्योंकि बीरू अभिमंत्रित गोल घेरे में बैठा है। वह अपने घरवालों को साइको द्वारा प्रताड़ित होते हुए देखता है। हालाँकि वह घेरे के अंदर ही रहता है, लेकिन साइको घरवालों को टॉर्चर करना छोड़ दे, इस मंशा से वह उसे चैलेंज करता है कि "हिम्मत है तो आज मुझे मार कर दिखा।" बीरू की ट्रिक काम कर जाती है। साइको सबको छोड़कर बीरू की ओर झपटती है, तो

बाकी के घरवाले अब सामान्य स्थिति में आ जाते हैं। सब लोग देखते हैं कि कैसे लाख कोशिशों के बावजूद साइको आज बीरू का कुछ नहीं बिगाड़ पा रही है। सबके मन में उम्मीद की किरण जगती है, लेकिन अचानक से उसी वक़्त बंद पंखा चल पड़ता है और यह पंखा साइको ने चलाया था। इससे फलाने बाबा की भभूत उड़ जाती है, और साइको एक बार फिर से बीरू को मारने में कामयाब हो जाती है। बीरू जब दुबारा ज़िंदा होता है, तो वह फिर से फलाने बाबा के पास भागता है सुनहरी भभूत के लिए। लेकिन बाबा बोलते हैं, "देने को तो मैं दे देता, लेकिन मेरे पास और है नहीं। क्यों ना

तुम मेरे जुड़वा भाई ढीमकाने बाबा के पास चले जाओ?" अब बीरू और उसके परिवार वालों के पास विकल्प ही क्या था, वे लोग जाने लगे ढीमकाने बाबा के पास । इधर दूसरी तरफ़ ये बात हर जगह फैल गई थी। की साइको की मौत हो चुकी है और वो ही गांव की चुड़ैल है। हालाँकि अब तक साइको की लाश नहीं मिली थी । गाँव की औरतें बीरू पर तरस खाती हैं, क्योंकि वह कभी ना कभी सभी के काम आया हुआ है। गाँव की सारी बहुएँ आपस में कुछ विचार करती हैं और पूजा-पाठ की सामग्री लेकर पुल पर जाती हैं और साइको शांति की पूजा करना

शुरू कर देती हैं। वे प्रार्थना करती हैं कि बीरू को माफ़ कर दे।

बीरू अपने लिए गाँव की औरतों का प्यार देखकर उसकी आँखें भर आती हैं। उसी वक़्त साइको शांति गाँव की एक महिला को अपने वश में करती है और कहती है, "मेरी जगह पर तुम होती तो क्या करती? सब जानते हैं कि बीरू बचपन से मेरे साथ था। अब जब शादी का वक़्त आया तो मुकर गया। इसके अलावा, मैंने सिर्फ़ उनको सज़ा दी है जिन्होंने अपनी पत्नियों को धोखा दिया है। जिस-जिस ने आप लोगों को धोखा दिया है, सबके पीठ और गाल पर लाल चांटे का निशान होगा।"

यह सुनकर सारी औरतें साइको शांति की तरफ़ हो जाती हैं। और दूसरी तरफ़, गाँव के सभी धोकेबाज़ मर्द भागे-भागे फिर रहे हैं कि कहीं उनका राज उनकी पत्नियों-प्रेमिकाओं के सामने न खुल जाए। सभी लोग भाग कर पहले फलाने बाबा के पास जाते हैं, फिर ढीमकाने बाबा के पास जाते हैं। ढिमकाने बाबा अपने सामने लोगो की भीड़ देख कर मज़े लेने के मूड में आते हैं। वो सुनहरी भभूत को हवा में उछाल देते हैं । सब लोग भभूत के लिए एकदूरे से लड़ पड़ते हैं और भभूत ज़मीन पर गिर जाती है। और औरतों का जत्था अपने - अपने मर्दों को खोजते हुए ढिमकाने बाबा के आश्रम तक आती है।

लेकिन तब तक जिन मर्दों के शरीर पर चाँटे के लाल निशान थे उन्होंने ज़मीन कर गिरी भभूत में ख़ुद रगड़ कर निशान को मिटा लिया था। तो गांव की औरतों के हाथ कुछ नहीं लगता। अब दोनों बाबाओं में से किसी के पास भभूत नहीं है। और बीरू से गांव की सभी औरतें नाराज भी हैं। और कुछ मर्द भी। बीरू उम्मीद खो देता है, और निराश होकर अपने घर की और लौटता है। पर दोनों बाबाओं को दया आ जाती है, और दोनों साथ में फिर से बीरू की मदद करने का फ़ैसला कर लेते हैं। इधर, यह बात इतनी फैल चुकी थी कि पिंकी के घरवालों को भी पता चल गया।

इधर दोनों ही बाबा बीरू के घर आते हैं और पूजा-पाठ शुरू करने की तैयारी करते हैं, लेकिन उसी वक़्त पिंकी के घरवाले भी वहीं आ जाते हैं और बवाल खड़ा कर देते हैं। इस बार वो अपनी बेटी पिंकी की बात नहीं सुनते हैं और कहते हैं कि यह शादी अब नहीं होगी, जो भी दहेज एडवांस में दिया है, सब लौटाओ। बीरू दहेज की बात सुनकर हैरान रह जाता है तब यह बात खुलती है की पिंकी की मम्मी ने मरते वक्त जो भी पैसा गहना पिंकी की शादी के लिए रखा था सब कुछ वो पहले ही बीरू की माँ को देकर मरी थी । पर बड़ा सवाल ये है कि बीरू के घरवाले यह पैसा लौटाएँ तो कैसे? क्योंकि

पैसा तो फलाने-ढीमकाने बाबा जी, डॉक्टर चंदोला और शादी की तैयारी में पहले ही खर्च हो चुका है। फिर भी बीरू बोलता है कि कुछ दिन का समय दो, मैं लौटा दूँगा। बीरू के होने वाले ससुर बोलते हैं कि "तू कहाँ से लौटाएगा?, तू तो खुद ही कुछ दिन बाद मरने वाला है।" उसी वक़्त साइको शांति के घरवाले भी वहीं आते हैं और बीरू को घसीटते हुए अपने घर ले जाते हैं और उसको शांति का कमरा दिखाते हैं। शांति के पापा कहते हैं कि "देख हमने अपनी बेटी के कमरे में किसी भी चीज़ को हाथ नहीं लगाया है।" तभी बीरू देखता है कि दीवार पर लगी शांति की फोटो में शांति का ड्रेस

बदल जाता है और वार्डरोब से शांति का एक कपड़ा भी गायब हो जाता है। बीरू घबराने का नाटक करता है।

साइको के पापा बोलते हैं, "वो रोज़ तैयार होकर इसी वक्त तुमसे मिलने जाती थी, देखो मरने के बाद भी तुम्हें नहीं भूली है। रोज़ तैयार होती है। अब तो बता दो उसकी लाश कहाँ है?" बीरू धीरे से बोलता है, "इसीलिए तो उसको साइको बोलता था।"

ख़ैर, बीरू इस बात को पहले छुपाता है कि आखिर में वो ही मिला था नदी किनारे, पुल पर। लेकिन जब साइको के माँ-बाप बहुत इमोशनल हो जाते हैं, तो बीरू सचाई कबूल लेता है कि शांति आखिरी बार उससे ही

मिली थी। शांति के घरवाले भी बीरू की ईमानदारी देखकर पिघल जाते हैं। अब सब लोग शांति को नदी में खोजते हैं, लेकिन शांति की लाश उन्हें कहीं भी नहीं मिलती। दोनों बाबा अपने-अपने मठ जा चुके होते हैं। जब बीरू के घर वाले उन्हें दुबारा बुलाते है तो उन्होंने कहना था कि "हम आत्माओं से तो लड़ सकते हैं, लेकिन ज़िंदा सरफ़ीरों से नहीं। जब तुम लोग इन सनकियों से निपट लो, हमारे पास आ जाना, हम पूरी कोशिश करेंगे।" पिंकी अपने घरवालों की जिमीदारी लेती है और गुड्डू लेता है साइको के घरवालों की जिम्मेदारी, इस बार पूजा में कोई भी विध्न नहीं डाल पायेगा।

दोनों बाबाओ के पास ज़्यादा समय था नहीं तो तैयारी में थोड़ी कमी रह जाती है, तो जब बीरू की मौत होती है...तो बंकु को फिर से एक आइडिया चमकता है। वही बीरू को शर्ट-पैंट उतार देता है। उधर पैरलेल वर्ल्ड में शांति, बीरू को सिर्फ अंडरवियर में देख शर्मा जाती है। फिर शांति नोटिस करती है कि बीरू की बॉडी पर शांति के लिए मैसेज लिखे जा रहे हैं। कि इसको छोड़ दो। दरअसल एक तरफ़ दोनों बाबा मंत्र मारकर नार्मल भभूत को सुनहरी भभूत बना रही है और बंकू उसी भभूत से साइको शांति के लिए मैसेज लिख रहा है।

साइको शांति की मम्मी भी बीरू की बॉडी पर कुछ लिखती हैं। उधर दूसरी तरफ, बीरू को फिर से पैरलल वर्ल्ड में अनकम्फर्टेबल फील हो रहा है। शांति सभी मैसेजेस को पढ़ती है, और कनविंस होने के बजाय और भी गुस्सा हो जाती है और बीरू को खूब टॉर्चर करती हैं। साइको बोलती है, "तेरे घरवालों ने सही पैंतरा अपनाया है, पर वो चाहे कुछ भी कर लें, तुमको रहना तो मेरे साथ ही होगा। तुम मुझे इस तरह से धोखा नहीं दे सकते।" अब बीरू का भी ईगो हर्ट हो जाता है। वह बोलता है, "कब मैंने तुमको । Love you बोला? कब मैंने तुमको धोखा दिया? बस, तुमको कभी हर्ट नहीं करना चाहा, उसका

ये सिला तुम मुझे रही। अगर मुझे मार भी दोगी, फिर भी सच तो यही है कि मैं तुम्हारे साथ कभी खुश नहीं था। यहाँ भी अगर कोई लाइक माइंडेड चुड़ैल मिलेगी, तो मैं उसके साथ चला जाऊँगा, पर मार के भी तुम्हारे साथ नहीं रहूँगा। नहीं रहूँगा, नहीं रहूँगा।"

अब शांति को भयंकर गुस्सा आता है, वह बीरू का एक्सट्रीम टार्चर करना शुरू करती है, जिसका असर बीरू की डेड बॉडी पर पड़ रहा है, जैसे उसकी बॉडी जगह-जगह से नीली होती जा रही है, और कहीं-कहीं काटने के कारण खून भी निकल रहा है। बीरू के घर के लोग और बीरू के दोस्त सब लोग इमोशनल हो रहे हैं, क्योंकि उन्हें भी अंदाज़ा

हो गया है कि ये बीरू की फ़ाइनल मौत है, पिंकी भी रो रही है। पहले बीरू की बॉडी का दायाँ हाथ पूरा घूम के टूटता है, फिर बायाँ, और आख़िरी में बीरू की गर्दन 180 डिग्री से ज़्यादा घूम जाती है। इधर पैरलल वर्ल्ड में बीरू ज़ोर-ज़ोर से चीख रहा है, कहता है,

"साइको, I hate you, I don't love you। मुझे जो लड़की पसंद आई, मैं उसके साथ जीने की कोशिश की। तुम मुझे मार भी डालोगी, तो भी मैं तुम्हारे साथ नहीं रहूँगा। तुम चेम्प थी, चेम्प हो, और चेम्प ही रहोगी।"

बीरू के घरवाले भागकर बाबाओं को बुलाते हैं, एक तरफ़ बीरू को शांति टार्चर कर रही है और दूसरी तरफ़ बाबा अपना प्रयास शुरू

करते हैं। बाबा के कोशिशों के कारण

अधमरा बीरू कुछ बोलता है, जिसे बाबा गुड्डू

को नोट करने को बोलते हैं। और एक बाबा

गुड्डू की बुलेट पर बैठ कर कहीं निकलते

हैं। दरअसल, यह वो जगह थी, जहां साइको

की लाश अटकी हुई थी। फलाने बाबा और

गुड्डू वहाँ पहुँच कर देखते हैं नत्थूलाल

ज़ुल्फ़िकार साइको की लाश की रखवाली कर

रहा है और वही पर बहुत सारी एक पैर की

चप्पलें भी पड़ी हुई है। बाबा को सब समझ

आ जात है कि कैसे साइको गांव वालो के

पास पहुँच रही है। गुड्डू लफ़्देबाज़ बड़े

आराम से नत्थूलाल ज़ुल्फ़िकार को काबू कर

लेता है। और उससे पूछता है कि उसने ऐसा

क्यों किया? नत्थूलाल अपनी कहानी बताता है कि कैसे जवानी में उसकी शादी जिसके साथ होने वाली थी, (शब्बो) जब उस लड़की का उसके घर वालों ने इस शादी का विरोध किया तो उसने इसी पुलिया से जान दे दी थी। बाद में उसकी लाश मिलने पर उसका क्रिया कर्मा हुआ। और तब से नत्थू इस गांव से बाहर ही नहीं जा पाया। वह हमेशा इस डैम के आस पास ही रहता था और अपनी होने वाली पत्नी को याद करता है। इसी कारण जब साइको डैम से कूदी थी तो वो वही मौजूद था, लेकिन वह लाख कोशिशों के बाद भी साइको को बचा नहीं पाया था। इसके आगे की कहानी बाबा ख़ुद बताते है

कि साइको के चुड़ैल ने नत्थू लाल से डील की वह गांव के सब लोगो का कोई ना कोई सामान चुरा कर दे ख़ास कर के बीरू और उसके घरवालों और दोस्तों का। ताकि वह अपना बदला ले सके।

एक तरफ़ फलाने बाबा लाश का क्रिया कर्म करने के लिए मंत्रोचार करते हैं, दूसरी तरफ़ ढ़ीमकाने बाबा बीरू के पास बैठ के मंत्रोच्चार कर रहे हैं, जिनके मंत्रों का बहुत तगड़ा असर हो रहा है। क्योंकि पैरलल वर्ल्ड में बीरू ने अपनी बात खत्म ही की थी, तभी एक और भूत प्रकट होता है। ये नया वाला भूत बोलता है, "क्यों टाइम वेस्ट कर रही हो यार इसके साथ, मूवी देखने नहीं चलना क्या?

कल फिर मार लेना इसको।" अब बीरू चौंक जाता है, "ई कौन है? जो रणबीर टाइप दिख रहा है।" तीसरा भूत कॉम्प्लिमेंट पाकर खुश होता है। अब साइको एटिट्यूड के साथ कहती है, "I was seeing you, but he is always in my mind. So just get lost." बीरू बोलता है, "तुमको तो अंग्रेजी आती नहीं थी।" साइको बोलती है, "Nothing is impossible for a girl." बीरू शांति के लिए खुश होता है।

अब बीरू को समझ आता है की जब डाक्टर चंदोला आए थे तो तीन दिन उसकी मौत क्यों नहीं होती है। दरसल साइको उन दोनों रणबीर सिंह टाइप के घोस्ट के साथ थी। वह दोनों दूर जा रहे हैं, बीरू बाय करने के

लिए हाथ हिलाता है, लेकिन उसका हाथ नहीं हिल रहा। अब बीरू ज़िंदा हो चुका है, और उसके दोस्तों ने उसे अर्थी पर लिटा दिया है। घरवाले रो रहे हैं, उसे जलाने के लिए शमशान भूमि ले जा रहे हैं। बीरू अर्थी पर से लेटे-लेटे कहता है, "बड़ी जल्दी है सालों मुझे फूंकने की।" लाश से आवाज़ आती है, "देख सब लोग घबरा जाते हैं," और भागने लगते हैं, लेकिन बंकु और गुड्डू वहीं हैं। बंकु बीरू की गर्दन सीधी करने की कोशिश करने ही वाला है, तभी बीरू बोलता है, "ऐसे ही ले चलो डाक्टर चंदोला के पास, जरा सा भी ग़लत घुमा दोगे, मेरी सच में मौत हो जाएगी।" अब गुड्डू और बंकु बीरू को अर्थी

समेत बहुत संभाल के बस अड्डे ले जाते हैं। एक तरफ़ से बस के अंदर गुड्डू और बंकु अर्थी को डाल रहे हैं, दूसरी तरफ़ से सवारियाँ डर के भाग रही हैं। बस कंडक्टर गुड्डू लफड़ेबाज़ के आगे रिक्वेस्ट करता है कि "अब लाश को लेके बस की छत पर बैठ जाओ।" बीरू सुन रहा है, लेकिन वो चुप ही रहता है। मजबूरी में गुड्डू को बसवाले की बात माननी ही पड़ती है। वो लोग बीरू को लेकर बस की छत पर बैठते हैं। अब बस का कंडक्टर फिर से सवारी भरने लगता है। गुड्डू बोलता है, "भाई जल्दी चल," तो कंडक्टर बोलता है, "आपने तो लाश लाके मेरी सवारी भगा दी, और आप पैसा भी दो

टिकट का दे रहे हो।" गुड्डू बोलता है,
"इसका क्यों दे? ये तो मरा हुआ है।" अब
मरे हुए आदमी का भी पैसा लेगा तू? बीरू
धीरे से बोलता है, "साले कंजूस।" ख़ैर, बस
चलती है और रुकती है सीधा डाक्टर चंदोला
के क्लिनिक पर। स्क्रीन पर लिखा हुआ
आता है कि छः महीने बाद, बीरू और पिंकी
की शादी हो रही है। और फ़ोटोग्राफ़र उनकी
शादी की फोटो ले रहा है। दूसरी तरफ़
साइको के मम्मी-पापा बिलकुल उदास बैठे
हैं, उनके सामने ही बीरू और पिंकी की शादी
का कार्ड पड़ा हुआ है। हालाँकि बीरू ने उन्हें
भी शादी में बुलाया था, पर वो गए नहीं।
तभी अचानक पिंकी की फोटो बदल जाती

है। पिंकी अब शादी के जोड़े में है, और उसके साथ वही लड़का है जो रणवीर टाइप दिख रहा है। पिंकी के माँ-बाप बीरू के पास आते हैं। बीरू बोलता है, "देखो अंकल, शादी में आए नहीं तुम, अब काहे आए हो? हम जा रहे हैं अपने हनीमून पर, हॉरर टूर पर नहीं। हमको कोई मतलब नहीं आपकी बेटी से, आप अपना समझो।" साइको के माँ-बाप थोड़ी और तलाश करते हैं तो पुलिस रिकॉर्ड से पता चलता है कि ये लड़का रणवीर टाइप दिखने की वजह से बहुत ऐटिट्यूड में रहता था, और इसके ऐटिट्यूड के कारण इसका बार-बार ब्रेक हो जा रहा था, तो एक दिन इसने फ़्रस्टेशन में ख़ुदख़ुशी कर ली थी।

शांति की मौत के साल भर पहले। अब शांति के माँ-बाप जाते हैं फलाने ढीमकाने बाबा के पास। बाबा बोलते हैं कि "शांति स्वर्ग या नर्क जहां भी उसने शादी कर ली है," अब शांति के माँ-बाप को भी चैन पड़ता है। यहाँ से कहानी 6 साल आगे जाती है, जब बीरू और पिंकी का लड़का एक लड़की को देखकर 'साइको' बोलता है, तो बीरू उसके आगे हाथ जोड़ता है और कहता है कि "कुछ भी बोलो, पर उसको 'साइको' मत बोलो।

समाप्त